Undergiven Slav och andra berättelser

Erika Sanders

Serier
Dominans och erotisk underkastelse

Synopsis

Den här boken består av följande berättelser:
Undergiven slav
Löneförhöjning
Oväntad situation
Vild mottagning

Undergiven Slav är en berättelse med starkt erotiskt BDSM-innehåll och som i sin tur också tillhör samlingen Erotic Domination, en serie romaner med högt romantiskt och erotiskt BDSM-innehåll.

(Alla karaktärer är 18 år eller äldre)

Författarens anteckning:

Erika Sanders är en välkänd internationell författare, översatt till mer än tjugo språk, som signerar sina mest erotiska skrifter, långt ifrån sin vanliga prosa, med sitt flicknamn.

Index:

UNDERGIVEN SLAV OCH ANDRA BERÄTTELSER

ERIKA SANDERS

UNDERGIVEN SLAV

Slaven Susan vaknade med en läcker lust att amma sin Mästare, men blev bestört när han upptäckte att han redan var borta.

På kudden bredvid henne låg istället en lapp, en singel orkidé och ett presentkort till hennes favoritspadag.

Hon gäspade och sträckte på sig och läste sedan ivrigt lappen.

"Jag vill att du tillbringar dagen med att förbereda mig. Du får inte onanera idag, eftersom jag kommer att ge dig allt du behöver senare. Vi kommer att vara på välgörenhetsbalen ikväll, och efteråt kommer jag att använda dig på alla sätt, tills Jag är mätt." ".

Susan visste att hennes mästarbrev sa mycket mer än det stod eftersom hon kände hans hjärta.

I tre korta meningar informerade han henne om att denna dag och denna natt skulle vara för hennes och hans nöje, att det inte fanns någon del av henne som han inte skulle tänja till hennes gränser, och att hon skulle göra vad som helst för att få honom var så trevlig för honom som möjligt.

Susan älskade att behaga sin Mästare och han gjorde alltid allt mellan dem perfekt.

Susan reste sig ur sängen och snodde håret till en hårspänne när hon gick till badrummet.

Klänningen, strumporna och skorna hängde från en krokstolpe som var bunden på baksidan av dörren som Mästare Robert hade valt ut som hon skulle bära.

Det fanns inga underkläder.

Susan log, tvättade sedan ansiktet, borstade tänderna och innan hon återvände till rummet öppnade hon den nedre lådan på byrån, tog fram de kinesiska bollarna och tog av sig stringtrosorna hon hade sovit i.

Mästaren hade sagt att det inte fanns någon del av henne som han inte skulle använda.

Långsamt satte han de kinesiska bollarna på plats och omedelbart föreställde han sig redan sin Mästares magnifika kuk...

Han tog på sig jeansshortsen och den gula button-down-skjortan som Master Robert hade på sig kvällen innan.

Hon gillade att bära hans kläder.

Hon kunde så lukta det på sig själv på det sättet.

Han tog på sig sandalerna, hämtade presentkortet och gav sig snabbt iväg.

* * *

Susan kom för att upptäcka att Mästare Robert hade organiserat allt med hennes instruktioner, som han normalt gjorde.

Kvinnorna i rummet sa inget till honom utan fortsatte helt enkelt med vad de gjorde.

Hon kände sig inte obekväm med vad världen uppfattade som en undergiven relation, eftersom världen inte visste något om den kärlek hon delade med sin Mästare Robert.

"Ja, vi är mästare och slav", tänkte hon medan manikyristen arbetade på hennes fötter, "men vi är också man och fru, Robert och Susan, själsfränder!" Det spelade ingen roll om resten av världen inte förstod det.

Helt enkelt för att de inte hade någon aning om den sanna kärleken mellan dem.

Med sin manikyr och pedikyr klar togs hon till badrummet med lavendel och vanilj.

Detta var hans favoritdel och det visste Mästare Robert.

Det var väldigt svårt för henne att inte njuta av sig själv när hon lämnades ensam i det doftande badrummet, men hon visste att hennes Mästare skulle vilja ha mycket av henne i kväll, så hon vilade utan att få orgasm i badrummet.

Till slut, hennes hårs tur, tvättade de det och lade det förföriskt ovanpå hennes huvud och säkrade det med hårspännet som han köpte henne på deras första dejt.

Hon log glatt och tänkte på nöjet det skulle ge Honom att ta bort nålen från hennes hår och se den falla över hennes axlar.

Det här skulle vara en natt att minnas.

Väl hemma sminkade hon sig.

Sedan var det de höga sidenstrumpor och tre tums svarta klackar som han hade köpt till henne i Italien.

Han stannade där för att se sig själv i spegeln.

Något saknades.

Det var en kort tanke som hon snabbt fick ur sig.

Om han hade velat ha mer hade han förutsett det.

Hon tog bort de kinesiska bollarna som hade hållit henne på gränsen till orgasm hela dagen och förde sedan den ömtåliga klänningen över huvudet och lät den glida nedför hennes kropp.

Hon var nöjd med hur hon såg ut i spegeln och Robert skulle också vara det.

En touch av hennes favoritparfym och hon var redo.

Hon tog orkidén som hade flytit i en skål med vatten den morgonen och stoppade in den i hårknuten i nacken.

När hon hörde hans bil köra in på uppfarten stelnade hennes bröstvårtor och hennes fitta började bulta.

Normalt sett skulle hon ha väntat på honom vid dörren på knäna med böjd nacke, så att hennes kropp var helt till hans förfogande.

Hon var väldigt orolig.

Hon skyndade till botten av trappan för att vänta på honom.

När han kom in hade hon redan rodnat av upphetsning och hon kunde känna att hennes utseende gladde honom när han stod och tittade på henne.

"Du ser läcker ut, slav Susan."

"Tack, Mäster Robert, jag är mycket glad att du är nöjd."

"Det verkar som att du har glömt något."

"Har jag glömt något?"

Robert tog hennes handled och ledde henne upp för trappan.

På kudden där lappen och blomman hade legat låg hennes choker.

Hon var förvånad över att hon inte hade märkt det tidigare och insåg omedelbart sitt misstag.

Mäster Robert hade lagt fram den handgjorda chokern åt henne tillsammans med motsvarande slips åt honom.

Hennes choker innehöll ett halvt kristallhjärta som passade perfekt med den andra halvan hon bar.

Han hade gett henne den på deras bröllopsdag.

Hur hade han lyckats inte märka det?

Hennes bröstvårtor började sträcka sig och hennes slida bultade när hon insåg hur allvarligt hennes misstag var.

Robert lossade sitt bälte.

"Jag älskar dig, Susan, men jag kan inte tillåta sådan slarv i din förberedelse för Mig."

"Ja, min söta ägare."

"Böj dig och ta tag i anklarna."

Hon behövde inte bli tillsagd att sprida sina ben, eftersom hon hade blivit straffad på det här sättet tidigare.

Mästare Robert tyckte om att titta på hennes fitta när han slog henne.

Han tog tag i den silkeslena klänningen och förde den sakta ner för hennes ben till hennes midja och på grund av hennes position fortsatte den att glida ner och runt hennes bröst och täckte en bit över hennes huvud och ansikte.

Vilken magnifik syn hon visade honom, klädd så elegant, men så grovt poserad.

Han kunde se hur exalterad hon var genom att hennes fitta blöta i ljuset.

Han tog bort bältet han höll i handen och tänkte bättre på det.

Det skulle bli en lång natt.

Han vände sig om och gick till hennes sida av sängen och sträckte sig ner i hennes nattduksbordslåda och drog fram en läderpiska som han ofta använt på henne.

Den hade ett långt handtag och från änden hängde nio tunna remsor av mjukt, smidigt läder.

Den var väl använd och uppskattad.

Han återvände sakta till henne, njöt av den vackra bilden hon hade skapat och observerade förändringarna som kom över henne.

Hon andades tungt och hade svårt att sitta still.

"Ahhh, min slav Susan, jag ska njuta av dig ikväll!"

Och med det kopplade han tre snabba fransar mot hennes rumpa som fick henne att skrika av smärta och njutning.

Han steg tillbaka och såg hur snabbt de röda ränderna började synas på hennes rumpa.

"Skit!" tänkte han för sig själv! "Hur ska jag klara mig ikväll?"

Och med den tanken kom lösningen omedelbart.

Han skulle ha det just nu innan kvällspasset, bara en gång för att bli av med lusten.

Han öppnade sina byxor grovt, tog fram sin redan stela kuk och tryckte in den djupt in i hennes fitta, inte för nöjes skull, utan för att smörja in henne.

Det han ville mest just då var rött, tight, glänsande och redo för honom.

Han drog tillbaka sin kuk från slaven Susans droppande fitta till hennes bestörtning och tryckte den djupt in i hennes väntande rumpa.

Ropet "JA!" från hennes läppar tände hans eld och han slog vansinnigt hennes upphöjda höfter.

Han höll henne hårt och slutade inte förrän han var redo att explodera.

Hon hörde sin egen ansträngda andning och stönande när en laddning silkeslen sperma kom och gick över hela hennes röda rumpa.

När han kom tillbaka till sig själv insåg han att han gnuggade in sin heta sperma i sin slav Susans ömma, önskade rumpa medan hon tackade honom om och om igen.

"Jag kommer att ha på mig min svarta smoking ikväll, Susan," och med det gick han till duschen medan slaven Susan tog på sig sin choker och gick sedan till garderoben för att hämta sin smoking.

Hon var mycket noggrann och dubbelkollade att allt han behövde väntade på honom när hon gick ut ur duschen.

Hon placerade varje föremål på sängen när hon tänkte på hur han precis hade använt henne, det underbara sättet som hans bollar slog mot hennes klitoris när han härjade hennes rumpa.

Hon var så vilsen i tanken att hon inte hörde honom bakom sig förrän han kysste henne mjukt på halsen.

"Jag vill inte straffa dig, Susan, men åh! Vad utsökt du ser ut när jag gör det."

"Tack, mäster Robert."

* * *

I bilen gled Mästare Robert manteln nedför hennes ben och spred hennes lår.

Han rörde vid hennes fortfarande droppande fitta, men förbjöd henne att sperma.

Slaven Susan slingrade sig i sin plats och var glad över att se Hallen på så kort tid, eftersom hon var säker på att hon inte kunde ha hållit ut mycket längre.

Han stoppade in fingrarna i hennes mun för att hon skulle rengöra dem med tungan och läpparna medan han knäppte upp de tre små knapparna längst upp på hennes bh med sin andra hand.

"Lämna det så här", sa han till henne och sedan kysste han henne ömt på läpparna, innan han sa åt henne att vänta på att han skulle öppna dörren.

Inne i hallen tvingades hon ofta lämna hans sida, men han var alltid inom synhåll för henne.

Slav Susan pratade artigt med de andra skötarna, men som vanligt begav hon sig till de lugnare platserna och blev ensam.

Mästare Robert hade ett stort behov av uppmärksamhet och hon beundrade hur han hanterade sig själv i dessa situationer, så galant, så stilig.

När hon blev ombedd att dansa, såg hon till honom för vägledning.

Man förstod dem emellan att det fanns tillfällen då artigt accepterande var nödvändigt, men hon väntade alltid på hans samtycke innan hon accepterade och kunde nästan alltid räkna med att han skulle sluta med vad hon än gjorde.

Ikväll väntade han dock på sin Mästare Robert och avvisade erbjudandena även när han godkände.

Efter den tredje vägran gick han mot henne på andra sidan rummet.

"Är du okej min älskling?"

"Ja."

"Varför dansar du inte?"

"För att jag bara vill dansa med dig ikväll."

"Då, Susan, får du din önskan."

Han gled sin hand runt hennes midja och vilade henne försiktigt på hennes rygg för att leda henne till dansgolvet.

Han höll henne tätt och dansade med henne.

Han såg på henne som om hon vore den enda kvinnan i världen, plågade han hennes hud med sina ögon och lockade henne till gränsen av lycka med viskningar om hur han skulle använda henne senare.

"Ta mig hem?" Viskade hon till honom.

Han tog henne i handen och ledde henne genom folkmassan.

I bilen kysstes de passionerat och slaven Susan viskade sin hjärtefråga till honom.

"Jag behöver min Mästare Robert."

Robert svarade med att knäppa upp byxorna och låta henne amma honom på vägen hem.

* * *

På uppfarten, efter att ha stängt av bilen, lät han henne stå där och njuta av det hungriga sättet hon slukade hans kuk.

Det fick henne att stanna precis tillräckligt länge för att dra klänningen över huvudet och kasta den i baksätet.

Han flyttade sedan sätet bakåt och tog bort stiftet från hennes hår och lät det falla över hennes axlar.

Han älskade hennes svarta hår, hur det föll över hennes ansikte och axlar och hur det fyllde hans nävar när han tog tag i det.

Robert tittade på henne länge och förundrades över hur hon dyrkade hans kuk och sög den som om det var hennes egen näring.

När hennes önskan att sperma var större än hans återhållsamhet, begravde han sina händer i hennes hår och tvingade sin kuk djupt in i hennes hals.

Han rörde sig in och ut ur hennes mun och strupe med ett djupt behov som hotade att sluka henne.

Slaven Susan darrade i hans händer och han insåg att hans egen frigivning skulle utlösa hennes.

En sista stöt djupt in i halsen på honom och han exploderade i extas.

Varje spruta varm mjölk skakade hennes kropp med en spasm lika med hans egen.

De var herre och slavar och ändå var de ett.

En kropp ...

En vacker kramp av mjölk...

En kärlek!

* * *

Slaven Susan öppnade ögonen när mästare Robert öppnade dörren.

Han sträckte fram handen och hjälpte henne ut ur bilen.

Hon stod framför honom i månskenet, hennes lårhöga klänning och sidenskor och choker innehöll ett halvt kristallhjärta.

Månens och stjärnornas ljus dansade på hennes hud och han andades djupt vid åsynen av henne.

"Kom min älskade, vår natt har precis börjat."

Han ledde henne in och in i sovrummet, där han öppnade balkongdörrarna för att släppa in havsbrisen.

Han tog hennes choker och ersatte den med hennes halsband och ledde henne sedan till sängen där han bandagede henne.

"Lägg dig ner. Jag vill känna din kropp underkasta sig Mig," viskade han.

Hon gjorde som han bad och väntade sedan på hans nästa beställning.

När ingen kom försökte hon lugna andningen, försökte höra honom i rummet.

Var kunde han vara?

Vad gör du?

Hans sinne rusade och förutsåg hans planer för henne.

Hon väntade vad som verkade vara en evighet och trodde att hon kunde höra honom andas, men aldrig riktigt säker.

När han äntligen trodde att en smisk för olydnad var bättre än att vänta ytterligare en sekund sträckte han sig efter ögonbindeln, men istället för att låta henne hamna i trubbel sa han till henne: "Rör dig för mig."

Tre ord, tre små ord, tände en eld i henne som hon aldrig hade känt förut .

Omedelbart var hans händer på hennes kropp, en på hennes bröst och en mellan hennes ben.

Inom några sekunder vred hon sig i orgasm, benen spridda, knäna sträckta, fingrarna knullade rasande hennes fitta för att sperma, hennes rygg krökte tills ingenting annat än hennes rumpa och bakhuvudet rörde vid sängen.

"Ja! Robert! Åh, min herre Robert! Ja! Ja! Ja!"

Hon var inte helt nere i längd efter att ha hört det igen:

"Igen. Gör det igen."

Hon rullade upp på magen och lade sina knän under kroppen och tryckte upp rumpan i luften så att han skulle se.

Hon grävde ner fingrarna i sin fitta så djupt hon kunde och onanerade återigen för sin mästares underhållning.

När den kom så varade den mycket längre än den första.

Han nådde hennes magiska plats gång på gång tills han till slut sprang och sprang upp på insidan av hennes lår började be henne om nåd.

Hon vände sig om på ryggen och ropade:

"Robert! Åh, Robert! Snälla! Snälla! Snälla knulla mig nu!"

Han visade ingen nåd när han tog tag i henne och rullade henne grovt på hennes mage.

Hon kände igen hans piska i samma ögonblick som den fick kontakt med hennes hud.

"Tack, Mästare! Tack för din generositet. Tack för att jag fick komma. Tack för att du älskar mig tillräckligt för att straffa mig när jag inte visar dig ordentlig respekt."

Varje slag fick den tacksamhet hon borde ha uttryckt när han lät henne komma.

Han kunde inte hålla tillbaka längre!

Han klättrade upp henne som hon var, med ansiktet nedåt och våt av nöd.

Han gled in i henne så lätt att hon trodde att han skulle förstöra henne.

Han tog två händer fulla av hennes hår och pumpade henne febrilt.

Hon tackade fortfarande när hon kände hans lem djupt inom sig.

Han kastade henne och vred henne inuti och hon vred sig under honom och väntade på att han skulle ge henne det hon behövde.

Han knullade henne genom hennes orgasm, sakta aldrig ner eller stannade förrän han slutligen kummade också, djupt in i hennes livmoder.

Hon låg under honom, mjölkade hans kuk med sin fitta och viskade om och om igen, "Tack, tack, min söta ägare," medan hennes Mästare Robert mumlade förtjusande lovord i hennes öra.

Det konstanta rycket av hennes fitta i hans kuk höll honom upprätt och snart rörde hennes egna höfter på sig igen.

Han älskade hur hennes önskemål och behov matchade hans egna.

Han gav sig själv till Honom så fullständigt att det aldrig fanns en tid då någon av dem var tillfredsställd innan den andras behov hade tillgodosetts.

Först kände hennes kropp ibland smärta från hans långa, tjocka kuk och hans starka krav innan hon var helt nöjd, men nu passade hennes kropp, hennes mage, hennes själ mot honom som handen i handsken och smärtan av hennes kärlek var bara påtaglig nästa dag.

Hon var hans på alla sätt och vis och hon var lika glad över det som han.

Robert var fascinerad av hur snabbt han var redo för henne igen.

Han förde sina händer uppför hennes armar och tog tag i hennes handleder.

Hon höll ihop dem ovanför sitt huvud när han sträckte sig ner i nattduksbordet och hämtade sina manschetter.

Efter att ha gått med hennes handleder, drog han sin kuk ur hennes hungriga fitta för att gå till garderoben för ett rep.

Han band repet vid handlederna för att använda det som koppel.

Fortfarande med ögonbindel andades hon tungt och han visste att hon var behövande.

Han sträckte sig ner i lådan igen och drog fram en munring.

"Öppna din mun, slav Susan."

Hon gjorde vad han bad utan att ifrågasätta, eftersom de båda visste innebörden av deras förhållande.

Han placerade O-ringen i hennes mun och fäste den ordentligt runt hennes huvud.

Sedan tog han tag i henne från sängen och lade henne på knä.

Det som skulle följa var inget straff, men njutningen och slaven Susan hade snabbt lärt sig att det fanns en skillnad.

Master Robert höll henne i håret och tryckte sin kuk genom munnen och in i slaven Susans hals.

Han höll den där tills hon började munkavle och drog sedan ut den.

Han tryckte igen och höll henne, men inom några sekunder höll hon munkavle igen.

Han tog ut den och väntade.

När hennes andning stabiliserades knuffade han henne igen.

Den här gången kunde hon hålla den utan att munkavle.

Han pumpade henne inte, han rörde sig inte ens, men han lämnade sin kuk i hennes hals tills hon började slingra sig.

När hennes vridningar övergick till att kämpa, drog han ut sin kuk och strök henne över håret.

"Det är min tjej!" sa han stolt. "Det är min söta tjej."

Dessa ömma ord fick slaven Susans bröstvårtor att dra tätt och hennes fitta blev fuktig av behov.

Mästare Robert tränade sin odalisque för att ta hela hans kuk utan munkavle.

Det var en fråga om tålamod och övning, men hon blev bättre och bättre.

Det fanns tillfällen då hon aldrig kvävdes och när det hände belönade han henne väl.

Mästare Robert flyttade blyrepet till hennes krage och fick henne att återvända till sängen.

"Vill du ha mig slav Susan?"

Ja, hans svar var med en nick.

"Behöver du mig slav Susan?"

Ja igen.

"Låt oss se om det är så?"

Robert band repet till sänggaveln och gjorde den andra änden till en snara som han gled över hennes huvud och runt hennes hals.

Sedan satte han igång med uppgiften att mäta sin slav Susans behov.

Mellan hennes ben gled han i position för att ta hennes bultande klitoris in i hans mun.

Han sög henne försiktigt, på samma sätt som hon suger honom när hon suger honom.

Slaven Susans höfter började rulla och stöta.

Hon kunde inte tala med munringen, hon flämtade bara och stönade.

När hon var mycket nära att komma tillbaka, backade han, tvingade henne att glida mot honom och följaktligen spände hennes nacke på repet.

Mästare Robert fick henne att känna sig utsökt.

Han slickade henne långsamt från hennes rumpa till hennes klitoris och drog sedan lata cirklar runt hennes klitoris med tungan.

Det han gjorde mot henne var förbannande och ändå så underbart, tills han drog sig tillbaka igen.

Slav Susan gled ner för att få det tryck hon behövde från sin tunga på sin klitoris.

Åh om hon bara kunde cum just nu!

Nu när repet var spänt och det inte fanns något slack kvar reste sig Mäster Robert upp och begravde sin hårda kuk i slaven Susans droppande fitta.

Han knuffade hennes ben bakåt och knullade henne djupt, dunkade mot platsen som gav honom så mycket nöje, bet tuttarna som tillhörde honom och sög hennes bröstvårtor hårdare och hårdare, men när hon började slå och stöna under honom kom han tillbaka att dra sig tillbaka och ge honom bara ollonet och inget annat.

"NEJ!" hon trodde.

Ögonbindeln, munringen, hon kunde inte se eller tala för att be honom om nåd eller berätta för honom om hennes behov, så hon grävde ner hälarna i sängen och tvingade sig längre ner i sängen mot hans kuk som hon älskade så mycket.

Hon kunde inte andas nu och repets spänning hade huvudet lutat uppåt och åt sidan, men hon var tvungen.

Hon var tvungen att känna honom djupt inom sig.

Det var så nära!

Hon kunde inte sluta nu.

Mästare Robert log förtjust.

Hon skulle få det hon så desperat behövde, annars skulle hon dö, och det var han.

Hon älskade honom mer än luften hon andades och det räckte för honom.

Sedan lade han sig helt ovanpå henne och började trycka djupt och hårt in i henne, sög på hennes axlar och bet henne i käken.

När han kände hur hennes ben lindades runt honom och hans kropp började skaka, tog han tag i repet och drog upp dem båda på sängen och lät luften återvända till hans öppna mun.

Att se henne flämta och gråta och känna hennes fitta knyta ihop sig och dra ihop sig på hans kuk var mer än han kunde stå ut med.

Han hoppade upp och tog sin kuk i handen.

Han pumpade det ursinnigt tills han äntligen kom, skott efter skur av sperma genom ringen och in i slaven Susans mun.

"Åh ja!" Hon tänkte första gången hon smakade på honom med tungan: "JA! Hennes kropp, som ännu inte hade återhämtat sig helt från sin Mästare, var nu fylld av njutning igen.

Om och om igen, som vågor på stranden, kom den för honom.

Han var hennes själsfrände på alla sätt, och tillsammans nådde de höjder av ren extas.

Mästare Robert tog bort ögonbindeln och fortsatte att pumpa sin hårda, upprättstående kuk.

När Jennifers ögon vände sig till ljuset kunde hon se sin Mästare fylla hennes mun med Hans sperma.

Han tog sedan bort munnen och lät henne njuta av hans gåva medan han fortsatte att frigöra hennes händer och ta av hennes strumpor, skor och slutligen hennes krage.

Mästare Robert tog henne i sina armar och kramade henne hårt.

Han viskade hennes namn och sa till henne att hon var hans och att han älskade henne utan att hålla något tillbaka.

Hon stod darrande i hans famn och Han drog henne ännu närmare och försäkrade henne att hon var uppskattad och skyddad.

När hans trötta kropp slutade skaka, somnade han lugnt in i sin Mästares ljuva famn.

* * *

Hon vaknade när han tog upp henne och bar henne till badkaret.

Han gick in med henne och vaggade henne i sina armar när de sjönk ner i det varma, ångande vattnet.

Det var magnifikt och hon log när hon kom ihåg hur mycket de hade njutit av det handgjorda badkaret så länge.

Mäster Robert badade henne lika försiktigt som om hon vore ett nyfött barn.

Han tvättade hennes hår och ägnade särskild uppmärksamhet åt hennes känsliga fitta och rumpa.

Han gned hennes nacke och axlar med sina tvåliga händer, släpade dem längs hennes rygg och till hennes rumpa som han knådade som deg.

Slavbadet var en ritual hon insisterade på, vilket gjorde det så mycket mer meningsfullt för henne.

Det var vackert och hon var så glad att hon inte kunde hålla tillbaka tårarna samtidigt som Han inte kunde se skillnad på tårar och vattendroppar.

När han torkade henne och kammade hennes hår tog han bort sängöverdraget och de kröp mellan de kalla lakanen utan att säga ett ord.

Det fanns inget att säga som kropparna inte redan hade sagt till varandra.

Liksom hennes nattliga rutin läste Robert för henne medan hon spårade hans kropp med fingertopparna.

Och med tillstånd redan beviljat, ammade hon honom tills han drev in i en värld av drömmar som gick i uppfyllelse.

LÖNEFÖRHÖJNING

Anita knackade på dörren som om hon inte ville bryta den.

Detta var inte vettigt, eftersom hon var den enda personen kvar i munkbutiken.

Hon och personen på andra sidan dörren, alltså.

"Kom in", lät den personens röst.

Anita öppnade dörren och gick in och stängde den efter sig.

Knäppet från låset när han tryckte på det med dörrhandtaget verkade öronbedövande på det tysta kontoret.

Erik Galvez tittade upp från pappersarbetet på sitt skrivbord.

Han tittade på Anita, en vacker brunett mexikansk anställd klädd i butikens skoluniform, en vit button-down skjorta och en kort rutig kjol, med en påse munkar.

Hon hade en felfri kropp och tjockt, lager brunett hår som inte nådde hennes axlar.

"Hej Anita," sa Eric.

Butikschefen, gift med två barn och i fyrtioårsåldern, lade ner pennan och log.

"Hej. Jag är ledsen om jag avbröt något", sa hon blygt.

"Självklart inte", försäkrade Eric honom. "Sätt dig".

Chefens lilla kontor bestod av en soffa, två stolar, ett skrivbord och arkivskåp.

Eric såg Anita gå mot honom, hennes kjol svängde fram och tillbaka.

Hon satte sig i stolen framför Erics skrivbord, korsade sina långa ben och lät kjolen nå låren.

Han lade väskan på golvet bredvid henne.

"Vad är det för fel?" frågade chefen.

Anita tvekade, tog ett djupt andetag och drog sakta med ena handens fingrar över hennes överben, från nederkanten av kjolen till knäet.

"Jag funderar på att flytta ut från det hyrda rummet och in i en lägenhet", sa han.

Hon var junior vid ett lokalt universitet och arbetade med olika jobb på platser vars timmar inte störde hennes klasser.

"Cool", sa Eric entusiastiskt och stannade sedan. "Och du behöver mer pengar? En löneförhöjning?"

Anita tittade blygt på honom, innan en mer allvarlig blick dök upp i hennes ansikte.

"Jag kan inte fatta hur mycket de kräver för hyra. Och handpenningen är..." började han säga.

"Jag vet," avbröt Eric.

Han tittade på henne ett ögonblick.

Hon hade arbetat för honom i nästan ett år och bad om lön en annan gång.

I det fallet hade hon använt sin kropp för att "påverka" hans beslut.

Faktum är att han hade velat ha en annan förfrågan från henne sedan dess.

Eric tittade på påsen med munkar bredvid honom.

"Tar du med några munkar hem?" frågade han.

Anitas ögon sjönk mot väskan och tillbaka till hennes chef.

"Nej. Det är för dig... för oss", svarade hon.

Eric behövde inga fler förklaringar.

Han hade även med sig en väska senast.

Och den här gången visste han vad han skulle göra.

Han ställde sig upp och gick runt skrivbordet och rörde sig bakom Anitas stol.

Hon tittade på hans atletiska kropp tills han försvann bakom henne.

En rysning rann längs ryggraden i förväntan.

"Så, du tog med mig en munk," sa Eric mjukt. "Och du skulle vilja dela."

Anita nickade tyst.

Eric tittade på den unga kvinnan, hennes skjorta uppknäppt upptill och hennes solbrända ben sträckte sig under hennes utsvängda kjol.

Hans händer tog nervöst tag i armändarna på stolen.

Eric lade sin hand på flickans hår och drog med fingrarna längs hennes hals.

Hon kände den varma huden under kragen på hans tröja, flyttade sedan sin hand till framsidan av hans hals innan hon närmade sig den översta knappen.

I en smidig rörelse lossade han knappen; följt av nästa.

Toppen av hennes bröst kom till synen, inkapslad i en tunn blå bh.

Hans fingrar gled över den mjuka huden på hennes vänstra bröst och gick sedan tillbaka till nästa knapp.

Med båda händerna cirklade han runt hennes hals och öppnade varje knapp tills han nådde toppen av hennes kjol.

Eric drog ut skjortan ur kjolen och öppnade den sista knappen.

Anitas skjorta öppnade sig precis så mycket att Eric kunde se det mesta av varje bröst ovanifrån.

Han såg dem stiga och falla medan hon kippade efter andan.

En central krok mellan hennes bröst höll ihop hennes bh.

Det här var ingen slump, tänkte Eric för sig själv.

Han sträckte sig ner och knäppte upp behån och lät de två halvorna vila fritt på ändarna av hennes bröst.

Anita fortsatte att sitta orörlig och tittade på Erics händer eller rakt fram.

Hon visste att saker och ting skulle förändras snabbt.

Eric lade sina händer på toppen av hennes bröst och lät dem falla tills hans fingrar tog bort hennes behå.

Han kupade hennes nakna bruna bröst i sina händer och höll dem försiktigt ett ögonblick.

Till sist satte hon Anitas bröstvårtor mellan tummarna och pekfingrarna och nypte dem ömt.

Den unga kvinnan suckade hörbart.

Eric kände hur hans kuk hårdnade inom ramarna för hans byxor när han manipulerade bröstvårtorna.

De stelnade under hennes beröring och Anita kände hur ett upphetsat värk färdades genom hennes mage till hennes fitta.

Eric lindade sina händer runt hennes bröst, men kunde knappt fylla dem i hans grepp.

Han tog upp dem och såg dem lägga sig i hans handflator.

Han gick runt stolen och ställde sig mellan skrivbordet och Anita och tittade kort på henne.

"Res dig upp och ta av dig tröjan", sa han med lugn röst.

Anita tog upp benen och ställde sig några centimeter från sin chef.

Han lyfte tröjan över sina axlar och lät den falla ner på stolen.

Utan att stanna gjorde hon samma sak med sin bh.

Eric lade sina händer på utsidan av Anitas lår och höjde händerna tills de försvann under hennes lilla kjol.

Anita kände hur händerna reste sig över utsidan av hennes trosor och över hennes rumpa.

Sedan flyttade Eric sina händer till hennes midja och tog tag i remmen på hennes trosor.

Långsamt sänkte han dem och föll på knä när de gick över hans knän och över hans fötter.

Han lade de svarta trosorna på stolen och tog av henne skorna.

Efter att ha rest sig upp tittade hon på sin kjol och sa:

"Ta av den."

Anita drog upp kjolen och lät den falla till golvet, klev ut och sparkade den åt sidan.

Eric beundrade hennes lilla midja, fylliga höfter och lår,

långa ben och små fötter.

Hans ögon återvände till hennes fitta och det lilla, tunna mörka håret ovanför hennes klitoris.

Anita kände sig extra sexig i det ögonblicket, fuktigheten mellan hennes ben ökade med sekunden.

Hon ville ha mannen framför sig naken och hon visste att det var oundvikligt.

"Ta av mig mina kläder", sa han till henne.

Han var tvungen att medvetet sakta ner sina rörelser för att inte avslöja sin önskan.

Anita drog dock snart Erics skjorta över huvudet och avslöjade en välbyggd, om inte alltför muskulös överkropp.

Hon tittade ner och spände upp bältet, Erics ögon växlade mellan hennes bröst och händer.

Hon knäppte upp hans byxor och drog ner dem tills de föll av sig själva över hans vader.

Anita knäböjde och tog av sig sina skor och strumpor innan hon tog av sig byxorna och slängde dem åt sidan.

Han tittade fram på den växande utbuktningen i sina boxare, tog sedan tag i linningen och drog ner dem.

Erics enorma kuk var bara halvupprätt, men Anita kände en våg av spänning flöda över henne när hon tog bort hans boxare.

Hon ställde sig upp och mötte sin chef.

Till Anitas lättnad tog han det första steget genom att krama henne och dra henne mot sig.

Han kysste henne passionerat, tryckte sin kuk mot hennes kropp och flyttade sina händer till hennes rumpa.

Eric klämde ihop hennes mjuka kinder när deras tungor möttes mellan deras läppar.

Anita kände hur hennes fitta mal mot hennes kropp, osäker på om hon var mer fast besluten att tillfredsställa sig själv eller Eric.

Deras kyss fortsatte när hon slog en hand runt hans kuk och kände hur det slog.

Hanen började peka uppåt och flickan pumpade sin hand upprepade gånger upp och ner i delen.

När kyssen tog slut tittade Eric på Anita och sa:

" Min fru gör inte så mot mig. Du gör det underbart."

"Tack, jag är glad att du gillar det", log han.

"Jag är hungrig", sa Eric.

"Jag med".

De rörde sig mot soffan.

Eric tog tag i påsen med munkar på vägen.

Hon hittade tid att se Anitas lilla, runda botten studsa med stegen innan hon lade sig på soffan med huvudet på en liten kudde i ena änden.

Eric sträckte sig ner i väskan och drog fram en munk och en liten plastkniv.

"Ah, fylld med vaniljkräm. "Mina favoriter", sa han. "Vill du dela?"

"Jag skulle gärna", svarade Anita.

Eric knäböjde och placerade den chokladöverdragna munken på flickans platta mage och skar den försiktigt på mitten med kniven.

En rysning rann genom Anitas kropp när kniven knappt betade hennes hud.

Eric såg hur hon ryckte till när knivbladet dök upp igen inifrån den tjocka munken, och placerade sedan kniven och hälften av munken ovanpå påsen på golvet.

Han lyfte munken från hennes mage och vände den krämfyllda mitten mot henne.

Metodiskt sänkte han den tills bröstvårtan på hennes högra bröst var direkt under krämen.

Med ett långt, mjukt drag förde han ett lager vaniljkräm över änden av hennes bröst.

Anita slöt ögonen när den kalla stoppningen täckte hennes bröstvårta och omgivande hud och skickade vågor genom hennes kropp mot hennes mage och fitta.

Eric flyttade munken något åt sidan och upprepade processen och lade till ett andra band med grädde bredvid den första.

Till sist vände hon munken och gnuggade chokladöverdraget över spetsen på hennes stela bröstvårta.

Eric lade munken i påsen och tittade på Anita.

Hon tittade intensivt, förutsåg hans nästa drag och bad honom tyst att sluka henne.

Eric flyttade huvudet mot hennes bröst och strök med tungan över hennes bröstvårta och smakade på den söta chokladen.

Anita stönade nästan högt, men höll tillbaka och såg hur hennes chefs tunga förlängde sin väg till att omfatta en tum över och under hennes bröstvårta.

Han svalde en gång innan han återvände till bröstet, den här gången öppnade han munnen och tog in så mycket av flickans runda, hela bröst som möjligt.

Hans tunga skrapade över bröstvårtan flera gånger innan hans läppar slöt sig runt det rosa köttet och sög på det.

Den här gången kunde Anita inte hålla sig.

"Åh, gud", viskade han.

Eric höjde huvudet och slickade krämen från sina läppar.

När hans mun återigen landade på Anitas bröst, tryckte hans hand upp bröstet och han slickade hungrigt resten av vaniljkrämen från hennes hud.

Det kom alltid tillbaka till bröstvårtan.

Anita böjde ryggen och tryckte upp bröstet.

Hon kände hur fukten mellan hennes ben ökade för varje passage av hans tunga över hennes bröstvårta och hon var säker på att han kunde få henne att komma om han höll henne så här.

Hon sträckte sig efter munken igen, den här gången bred ut den vita fyllningen och chokladen mer över sitt vänstra bröst.

Krämen täckte nästan två tredjedelar av hans bröst och lämnade Eric med en nästan ihålig halvmunk i handen.

Efter att ha lagt tillbaka munken i påsen lutade han sig över Anitas kropp och fortsatte att noggrant exponera hennes bröst en slick i taget.

Flickan flyttade sin hand till toppen av Erics huvud och tryckte den hårdare mot hans bröst.

Under tiden flyttade hans hand sig från hennes höft till mellan hennes ben och smekte ett ögonblick över klitoris som låg begravd under en lock av snyggt beskuret mörkbrunt hår.

"Åh, Jesus," sa han mjukt. "Det känns så bra."

Med bara en liten mängd vaniljkräm på bröstet klättrade Eric upp på soffan och placerade sina ben mellan sina.

Hans kuk var helt upprätt nu och pekade uppåt i en skarp vinkel.

Han lutade sig framåt och placerade sin kuk på hennes krämtäckta bröstkorg, flyttade den fram och tillbaka tills han hade ett litet lager av den vita fyllningen.

Anita använde sin hand för att rikta hanen till de områden med mest kräm.

Snart var det vitt från det rosa huvudet till basen.

Anita såg när Eric gled fram och förde sin kuk till hennes läppar.

Ivrigt öppnade han munnen och tog emot gåvan.

Den söta smaken av grädden fick henne nästan att glömma kärleken hon kände för smaken av en het, hård kuk.

Hans tunga arbetade på alla sidor av medlemmen när Eric gled den in och ut ur munnen, vilket fick honom att stöna av njutning.

" Hmmm , Anita. Sug mig, slicka mig så här, sa Eric. "Ja, ja. Sådär."

Det tog några minuter för flickan att få ut den sista krämen ur hans kuk; suger, slickar och sväljer så fort hon kunde.

När han kom i mål var Eric hårdare än han varit tidigare och var nära klimax.

"Fan mig, Eric", utbrast Anita högt. "Jag vill ha dig i mig. Snälla."

När hennes chef klev upp ur soffan spred Anita sina ben och höjde sina knän.

När han hade sin kuk vid ingången till hennes fitta, var hennes hand i en redo position för att guida honom in i henne.

Till och med hon blev förvånad över hur redo hon var för honom.

Så fort huvudet på den svullna penisen hittade öppningen kunde Eric sänka sig tills deras lår möttes i en mild smäll.

"Gud ja. "Fulla mig", sa Anita.

Eric var snabb med att följa hennes krav.

Han lyfte henne i rumpan och började glida in och ut sin kuk och kände hur hon drar ihop sig i slidan med jämna mellanrum.

Anita lyfte sina ben och lindade dem försiktigt runt Erics midja, så att han kunde lyfta henne ännu högre.

Anitas bröst svajade rytmiskt.

Han nypte hennes bröstvårtor då och då och skickade vad som kändes som elektriska strömmar direkt till hennes fitta.

Under tiden placerade sig Eric om så att en fri hand kunde massera hennes klitoris.

Han hittade lätt den svullna bulan och gnuggade den.

Flickans huvud började svaja från sida till sida och mumlade:

"Knulla. Skit. Ja där. Där!"

Eric gnuggade honom hårdare och kände hur hans kropp spändes.

Hennes ben klämde honom hårt och hon skrek, "Ahhhh. Herregud. Nu."

Hennes orgasm började med ytterligare ett dämpat stön och hennes höfter ryckte upp för att möta hans nedåtgående stötar.

I minst trettio sekunder gick Eric in i henne gång på gång, medan hon stönade och skrek åt honom att knulla henne.

Eric ville att känslan av hennes tajta fitta runt hans kuk och hennes kropp som vred sig under honom skulle vara för evigt.

Han höll i hennes rumpa när hon sakta började lägga sig i soffan.

Nu kunde Eric fokusera på sin egen kropp och kände hur den första vågen av sperma steg upp från hans bollar.

Anita kände den annalkande orgasmen i honom och uppmanade honom att fortsätta.

"Det var allt. Kom igen, sperma i min fitta."

Erics kuk exploderade i en flod av sperma som Anita kände fyllde hennes inre.

Den varma vätskan sköt ut i flera sprutor, var och en åtföljd av ett högt stön.

Eric tog tag i Anita i botten av hennes axlar och tryckte hennes kropp mot hans.

När han skulle avsluta och stod stilla med kuken djupt inuti henne, klämde Anita hårt på hennes fitta.

"Ahh, fan. "Sluta", mumlade Eric, nästan andfådd och halvt skrattande.

Han skakade om sig själv en sista gång och föll av henne, slapp och totalt utmattad.

Han låg i hennes famn, hans huvud på hennes bröst och hennes ben fortfarande lindade runt hans midja.

"Allt du behöver göra är att be om det när du vill," sa Eric mjukt och hans finger spårade konturerna av hennes bröstvårta.

"Jag var bara hungrig idag", sa hon.

OVÄNTAD SITUATION

KAPITEL I

"Jag kommer att vänta på dig i rummet, ha på dig något avslöjande," hade John sagt till henne.

De behandlade honom som takeout, tänkte Gina när hon avslutade samtalet.

Och det var så hon kände sig nu när hon sminkade sig i sminkspegeln: skuggade ögon , hjärtformade röda läppar och precis tillräckligt med smink i ansiktet för att inte få henne att se ut som en figur från ett vaxmuseum.

Något annat du vill ha i din beställning, älskling?

Nöjd med sitt arbete gick hon barfota över sovrumsmattan, endast iklädd sin bh och trosor, och öppnade garderoben.

Från en hylla ovanför där hans kläder fanns tog han fram en liten låda med pengar och tog den till sängen.

När hon öppnade den föll många tior och tjugo på sidenlakanen.

Gina räknade fyra av tjugo och la resten i lådan.

Hon lade tillbaka lådan i garderoben, la pengarna i sin handväska och började klä på sig.

John bodde tvärs över staden i ett lyxigt radhus med fem sovrum nära kanalen.

Det skulle ta tio minuter att köra dit, beroende på eftermiddagstrafiken.

Han var en relativt ny klient till henne som hon hade betjänat sex gånger hittills.

Hon hatade honom.

Han var arrogant, oförskämd och helt pervers.

Han var av italiensk härkomst: oliv hudfärg, en stor näsa och tjockt svart hår över hela honom.

John älskade att äta och Gina tyckte att han såg ut som en korsning mellan en 1940- talsgangster och en mullig gris.

Han hade skröt om banden han hade till den kriminella undre världen, men Gina var inte säker på hur mycket av det han sa var sant.

Hon trodde att han bara försökte imponera på henne.

Hon kunde inte förstå varför män tyckte att detta var attraktivt för tjejer.

Gina hatade våld och skulle stänga av en film vid första tecken på blod eller våld.

Men John var definitivt i någon form av tvivelaktig verksamhet.

Hon hade sett vapen i hans hus.

Han hade hört hetsiga telefonsamtal under deras sexuella förhållande som John vägrade ignorera.

Pratar om pengar och droger.

Hon fann män som John hatiska: giriga, själviska, oärliga och korrupta.

Men hon behövde pengarna för mycket.

Ginas liv var fullt av skulder.

En humanistisk universitetskurs, mini Fiat, som hon körde till sitt sekreterarjobb varje dag, shopping av kläder, semester på Ibiza och ett lån hon tagit för att möblera sin lägenhet.

Hon simmade i skuld, men låneföretag hade aldrig nekat henne något.

Och det var därför hon hade jobbat som privat eskort det senaste året.

Privat var nyckelordet.

Hon hade ingen onlineannonsering, för rädd att hennes familj eller vänner skulle upptäcka hennes fula hemlighet.

Om inte, var hon beroende av mun till mun och sina stamkunder, killar som John.

Den första mannen som betalade henne för att ha sex med henne hette Peter.

Hon träffade honom på en dejtingsajt efter uppbrottet med Adams, men visste direkt att han inte var för henne.

Det var inte det faktum att han var i fyrtioårsåldern och femton år äldre än henne.

I själva verket var det anledningen till att hon hade träffat honom från första början, och tänkte att en äldre man kunde ge henne vad Adams, en tjugofyraåring, inte kunde.

Engagemang, trygghet, nya sexuella upplevelser kanske.

Hon kände helt enkelt ingen koppling till Peter, och hon visste det inom en timme efter deras första dejt, middag för två på en indisk restaurang i den trevligaste delen av stan.

Hon sa hejdå och tackade honom för en utsökt måltid och trodde att det skulle vara sista gången hon skulle se honom.

Men Peter var mer intresserad av henne än vad han först trodde.

Han kontaktade henne två dagar senare med ett erbjudande om att betala henne för sex.

Gina blev först förvånad, till och med kränkt.

Med sin djupa solbränna, färgade blonda hår och förkärlek för avslöjande kläder visste hon att hon gjorde ett visst attraktivt intryck.

Men det skulle inte göra henne till en slampa, eller någon som skulle sprida sina ben vid första tecken på ekonomiska problem.

Hon hade säkert träffat tjejer som skulle.

Men Peter verkade vara en så trevlig kille, och ju mer Gina tänkte på sin skuld började hon undra vad skadan var av att acceptera erbjudandet. Det skulle finnas en ömsesidig nytta.

Peter skulle äga henne och hon skulle få de pengar hon desperat behövde.

Om ingen blir skadad, vad var problemet egentligen?

Gina var dock naiv.

Hon förutsåg aldrig hur beroendeframkallande betalt sex kunde vara, och inte heller hur eländigt och billigt det skulle få henne att må.

För att göra saken värre var inte Peter den gentleman hon först trodde att han var.

Snart spred sig ryktet om att hon var duktig på sina tjänster och detta kan bara ha berott på att han spred det direkt.

Erbjudanden av alla de slag, genom dejtingsajten där hon träffat Peter, fyllde hennes brevlåda.

Jag kunde inte tro hur många äldre män det fanns som sökte upp yngre kvinnor för sex, och hur många som var villiga att betala för det.

Det hade varit väldigt lukrativt för henne och hon lärde sig snart att hon kunde tjäna mer pengar om hon var villig att tänja på sina gränser lite längre.

Män betalade mer för saker som anal, dominans, gyllene duschar och olika typer av rollspel.

Gina hade investerat i skolflicksuniformer, sexiga underkläder och piskor. Hon hade ätit upp allt de föreslog, och stoppat in alla möjliga föremål i sig, och hade till och med låtsat att hon ammade en femtioårig man klädd i blöja.

Naturligtvis hade John, med sina pengar, njutit av alla bekvämligheter som fanns.

Från högklassiga prostituerade till porrstjärnor och även sida tre modeller.

Det var en besatthet som gränsade till missbruk.

Det verkade som att alla unga och vackra flickor var villiga att sälja sina tillgångar medan de fortfarande var önskvärda.

Det var tragiskt.

Så det var ingen överraskning att John efter att ha fått reda på det från en vän kontaktade Gina.

Och ikväll skulle det bli deras femte gång tillsammans.

Gina tittade på sin klocka och rättade till sina kläder i korridorens spegel. "Det kommer att vara över om ett år, flicka," påminde hon sig själv.

'Du kan göra det.'

Sedan tog han tag i sina nycklar och gick ut genom dörren.

KAPITEL II

Tio minuter senare stannade han på Midesting Road.

Klockan var strax efter halv tio och ett poolparty vid ett av de andra husen var i full gång.

Han körde genom smidesjärnsportarna till Johns hus och parkerade Fiat på uppfarten.

Månen lyste på taket på Johns silver Mercedes när hon hörde ljudet av hälarna som krassade över gruset och gick till sidan av huset.

John hade sagt till honom att gå in genom bakentrén.

Ikväll ska de spela rollspel.

Han kommer att ligga i sängen och hon kommer att gå in, som en tjuv, och överraska honom.

John älskade att blanda ihop saker.

Hon hade aldrig träffat en man så sexuellt fantasifull.

Han stannade halvvägs upp på sidan av huset och tittade upp och ner i gränden.

Hon var säker på att ingen skulle se henne där, men hon ville försäkra sig om det.

Hon drog ner sina trosor, förde dem över hälarna och rätade sedan på kjolen.

Hon lade trosorna i sin väska.

Röd spets, Johns favorit.

Sedan vacklade hon på hälarna nerför stigen och öppnade dörren till trädgården på baksidan.

En metallsoptunna skramlade när hon av misstag sparkade den med spetsen på sin vassa häl.

'Dum!' Hon förmanade sig själv.

Köksbelysningen var tänd och altandörren som ledde dit stod på glänt.

John måste ha lämnat den öppen för henne.

Gina sköt tillbaka håret, fortsatte sin sensuella promenad och gick in i huset.

Det luktade brännande när han gick in i köket och stängde dörren.

Det var nog en av de cigarrer John gillade att röka.

Han var en sådan rökande gangster .

Det var tyst i huset.

John måste vänta på henne i sängen som han hade sagt till henne.

Gina gick genom den omtänksamt inredda matsalen, alla moderna och trämöbler i en djupröd nyans, och ut i korridoren.

Hon tittade upp för spiraltrappan.

"John," sa han hånfullt. "Är du redo eller inte?"

Hennes klackar klickade på de polerade stegen när hon gick upp för trappan.

När hon svängde in i korridoren såg hon Johns sovrumsdörr öppnas.

Ljuset var på men det gjorde fortfarande inget ljud.

Sedan hörde han ett knall.

"John?"

Den feta jäveln satt förmodligen på sin tron i badrummet.

Gina jämnade till håret, sänkte halsen och gick in i rummet.

Allt verkade stanna i det ögonblicket.

Hela Ginas kropp frös.

Låg på sängen, helt naken och stirrade i taket, John, med en blodpöl som blötlade lakanen runt honom och halsen skuren.

Gina släppte ett skrik.

En mörk gestalt kom ut bakom dörren och tog tag i henne, slog en arm runt hennes hals och lade sin hand över hennes mun .

— Gör inget oväsen, annars klipper jag av din också, sa han.

Gina kände den kalla, vassa knivspetsen på hennes hals.

'Vem är du?' stönade hon.

"Någon du inte skulle vilja knulla"

Mannen klämde hennes nacke hårdare med sin muskulösa underarm.

'Vad gör du här?'

"Jag kom för att träffa John."

'Så att?'

"Han bad mig göra det."

'Därför att?' krävde mannen.

"Bara för att se det."

Han krossade Ginas luftrör med sin arm, vilket fick henne att kvävas.

'Därför att?' skrika.

"Att ha sex", lyckades Gina stamma.

Hon började hosta när mannen lättade på trycket runt hennes hals.

'Är du en prostituerad?' han sa.

'Nej!'

'Än sen då?'

'En kompanjon.'

"Det är samma sak", sa mannen.

Gina sa ingenting, alltför rädd att mannen skulle knäppa hennes nacke eller sticka henne om hon korsade honom.

"Det verkar som om vi har ett problem", sa han.

Han vände sig mot Johns livlösa kropp och höll Gina stadigt mellan armen och bröstet.

Gina kände att hon skulle bli sjuk av att se så mycket blod.

"Nu är du ett vittne till ett mord."

"Snälla", bad Gina.

'Jag kommer inte att berätta för någon. Bara låt mig gå.'

KAPITEL III

Ett olyckligt skratt dök upp från mannen.

- Du förstår säkert att det inte kommer att bli så lätt.

Rädsla sköt genom Ginas kropp.

Han kände att varm urin började droppa ner på insidan av hans ben.

Hon ville inte dö ikväll.

Mannen tog tag i hennes arm med sin läderhandskar hand och ledde henne till badrummet.

Han stängde dörren efter dem och vände sig om för att titta på henne.

Gina backade in i ett hörn när hon såg hans ansikte.

Hon hade inte förväntat sig att det skulle vara ett av de vackraste ansikten hon någonsin sett, men det var det djupa ärret som rann längs sidan av hans kind som överraskade henne mest.

Och hans kropp verkade gjord för att döda, med axlarna på en boxningsmästare och som kunde bryta en nacke på mitten.

Han var ett monster.

Han såg henne upp och ner med hårda blå ögon.

"Vem vet att du är här?"

'Ingen! Snälla kan du släppa mig och fly. Jag försäkrar dig att jag inte kommer att berätta för polisen.

Han närmade sig henne i ett långsamt, rovgirigt steg.

'Det är för sent för det. Du har redan sett mitt ansikte.

'Jag lovar att jag inte berättar. Snälla, jag bryr mig inte om dig eller John, jag vill bara åka hem. Jag vill inte dö." Gina brast ut i gråt.

Mannen lade en handskbeklädd hand på hennes bara axel och närmade sig hennes ansikte hotfullt.

Gina kände hur den varma luften från näsan strök mot hennes kinder.

"Där, där, där," spinnade han. "Varför förstöra detta vackra ansikte?"

Hon drog ett långt finger längs Ginas tårstrimmiga kind.

Hela Ginas kropp förvandlades till is när hon kände hans beröring.

Det var något extremt motstridigt med attraktionen hon kände för den här mannens kropp och rädslan hon kände över att bli fastklämd i väggen av någon hon kände lätt kunde döda henne.

Han lutade sig närmare och drog sin grova tunga över hennes ansikte, vilket fick henne att känna en rysning över hennes hud.

Hon förväntade sig inte vad som skulle komma härnäst.

Mannens handskbeklädda hand gled under hennes kjol, medan hans långa fingrar sökte hennes blottade läppar.

"Stygg tjej", sa han vid sin oväntade upptäckt.

"Snälla...åh"

Mannen hade tagit av sig handsken och ett långt, köttigt finger var nu inne i henne.

Hon hittade Ginas klitoris smidigt och masserade den, vilket skapade en värme som började spridas inuti henne.

Hon strök samtidigt tungan längs de fasta konturerna av Ginas hals.

Gina vände sig om och såg sin spegelbild i spegeln över diskbänken.

Och han såg också detta långa, märkliga odjur sjunka ner i hans hals som en vampyr, knivbladet i hans fria hand blinkade i halogenljuset som en varning.

Hon vågade inte röra sig av rädsla för att han skulle använda sin vassa spets mot henne.

Mannen drog sig undan och körde blicken över hennes kropp.

Det fanns en djup upphetsning i dem som om han kunde se hennes nakna kropp genom hennes kläder.

Han gled hennes väska från hennes axel och tappade den på golvet, medan en tub med läppstift och ett par röda trosor rann ut på plattorna.

Han tog ett av hennes bröst genom hennes hudtäta väst och klämde försiktigt på det, sedan förde han fingret över hennes bröstvårta när det stod på uppmärksamhet.

Hon var spacklad i hans händer.

"Vad ska du göra med mig?" hon frågade.

"Eftersom vi är ensamma och vi har platsen redo bara för oss, kommer jag att ge dig vad den där killen där borta aldrig kommer att ha gett dig."

Herregud, tänkte Gina. Inte det.

Mannen kände hennes rädsla och log.

'Oroa dig inte. När du väl upplever mig i din fitta kommer du att vara glad att den andra är död.

Mannen hade rätt i att de var ensamma.

Utan grannar i närheten skulle alla rop på hjälp vara fruktlösa.

Om...om hon gick med på, gjorde som mannen sa, kunde hon lämna huset levande.

Med alla andra odds mot henne, vilket val hade hon förutom att göra sitt livs bästa RPG?

Så han tog ett beslut.

Hon skulle ge sitt livs bästa prestation.

Och om han misslyckades hade hon en reservplan.

"Ta av det", morrade mannen och pekade med huvudet mot sin väst.

Gina gjorde som han sa.

När västen gled över hennes huvud skakade hon på håret och stirrade på hans kropp.

" Jag vill att du också ska vara naken", sa han.

Mannen släppte ut ett hånfullt skratt.

'Du kommer inte att berätta för mig vad jag ska göra. Och jag är inte så dum som du verkar tro. Dra ner det.' Han nickade mot Ginas kjol.

Hon knäppte upp kjolen och lät den falla ner för hennes ben och sparkade den mot honom med hälen.

Hon var där före honom i klackar och behå, med rakade blygdläppar utsatta för den svala luften i badrummet.

Hon höjde sina mascarakantade blå ögon till sin fångares genomträngande blick.

— Vad sött och vackert, sa han och sög in luft genom näsborrarna. 'Vänd dig om.'

Gina vände sig om och tittade på den kaklade väggen.

Genom spegelns reflektion såg hon hur mannen lutade sig fram och smekte hennes gren samtidigt som hon studerade hennes bakdel.

Den stora utbuktningen hon såg sticka ut i hans byxor lät henne veta att han var välutrustad.

Han fick henne att luta sig framåt, tog tag i hennes höfter och förde hans gren mot henne.

Den hårda, feta bulan trycktes nu in i skinkorna.

Hans bara hand rörde vid hennes rumpa och knuffade henne framåt, kniven grep fortfarande stadigt i den andra.

Gina tittade på när han lade den på bänken bredvid diskbänken och började knäppa upp byxorna.

Hon tittade på kniven och kämpade mot lusten att ta tag i den.

Men hon visste att hon inte kunde vara så dum; Med sin storlek skulle mannen övermanna sin lilla femfotsram på några sekunder. Ändå var det lockande...mycket frestande.

Hans svarta byxor föll till golvet och avslöjade ett par svarta boxershorts över enorma, muskulösa lår.

Hans erektion steg mot fållen, svullen och enorm.

Gina svalde flämtningen som nästan kom ut från hennes mun.

Hur kunde han passa in allt det där?

Den stora kuken ansträngde sig mot det täta tyget på sina boxare, ivrig att komma ut.

När mannen drog ner dem föll det stora lila huvudet ner på Ginas kinder.

Den tjocka och mycket ådrorda delen var minst nio tum lång.

Mördaren var en sexuell Adonis.

Han tog tag i hennes höft med sin fortfarande behandskade hand och tog sin kuk i den andra och styrde den mot Ginas fittläppar.

När hon kände den varma, mjuka kuken mellan hennes läppar flämtade Gina.

Och när han stoppade in den knäckte hans knän nästan.

Penisen kom in på ett djärvt djup, bultande av spänning i hennes varma, våta slida.

Han träffade ett område inuti Gina som aldrig hade penetrerats tidigare, och hennes förrädiska klitoris började pumpa av spänning, fukt byggdes upp på hennes läppar och väggar för att ta emot denna spännande nya ankomst.

Mannen började stöta, hans starka höfter kunde tvinga fram hårdheten i Ginas innerväggar med en extraordinär hastighet.

Det kändes otroligt.

Hon tog tag i kanten på diskbänken medan han fortsatte att penetrera hennes våta fittläppar, hans bollar slog mot henne.

Han tog av sig den andra handsken och sprang med sina stora, förvånansvärt mjuka händer nerför hennes ryggrad och öppnade hennes bh.

Den föll ner på klinkergolvet och släppte hennes bröst.

Nu hade hon bara hälarna på sig när den enorma besten träffade henne bakifrån.

Gina kände hur han drog sig tillbaka, hennes fitta fick ett ögonblick av lättnad.

Men det dröjde inte länge innan hans penis var inne i henne igen, men den här gången mot hennes rumpa.

Mördarens enorma kuk trängde igenom de täta vecken av Ginas anus och skickade en skarp smärta genom henne.

Ett ögonblick trodde han att han inte skulle orka med smärtan, hans muskler knöt ihop sig för att driva ut detta främmande föremål, men sedan slappnade de av när smärtan började övergå i njutning.

Gina hade fått analsex tidigare, men inte från en så stor fallus som denna.

Det nöje som fyllde henne nu liknade inte något hon någonsin känt förut.

Hon var tvungen att påminna sig själv var hon var.

Hemma hos John att bli knullad av en man som precis hade dödat honom.

Johns döda, och redan något kalla, lik låg några meter bort i det andra rummet som en hemsk bild av hans forna jag.

Gina visste att hon aldrig skulle kunna radera den bilden från sitt minne, hur mycket hon än hade föraktat honom.

Och det skulle radera ut det hat hon kände mot honom om han med det kunde komma tillbaka levande och hjälpa henne nu.

Men det är något konstigt med vad som händer när man står inför ett dödshot, och Gina upplevde det för första gången i det här badrummet där hon nu hölls fången.

En instinkt tar kontroll, så primär att den inte längre känns som en djurinstinkt.

Och du vet att du kommer att göra allt för att överleva.

KAPITEL IV

Mannen slog hennes rumpa med rasande stötar, saliv rann ut ur hans mun, hans stiliga ansikte rodnade och upphetsade.

De låga, gutturala ljuden han gjorde varnade Gina för att han var på väg att komma.

Hon tog ett hårt tag i kanten av disken.

Hans fingertoppar blev vita när han höll i sig.

'Fan', stönade mannen.

" Jag ska sperma."

Och han gjorde det, och en tung suck lämnade hans mun, han slöt ögonen och böjde huvudet bakåt...

Och Gina tog sin chans.

Han släppte disken och tog tag i kniven.

Med ett blindt, kraftfullt svep av armen störtade han den i sin förövares hals.

Hon hoppade och tryckte ryggen mot väggen, plattorna kalla mot hennes svettdränkta rygg.

Stora ögon av rädsla och oro såg Gina att mannen stod i en statisk ställning och kvävdes när hans stora ögon tittade på henne.

Kniven stack ut från hans tjocka, glänsande hals och mörkrött blod sipprade ner i kragen på hans svarta rock.

Hans kuk var fortfarande upprätt, med ett glänsande spår av sperma hängande från spetsen.

Hennes omtumlade ögon förblev låsta på Ginas när hennes mun öppnades och blod rann över hennes underläpp.

Han lyckades gurgla fram ordet "Bitch" innan han kollapsade baklänges och kraschade in i dörren.

Gina tittade på honom ett ögonblick, hennes bröst resande och fallande, innan hon släppte ut ett galet skratt. Hans plan hade fungerat.

Första gången. Hon hade sett honom blunda i spegeln när han fick utlösning, så hon frossade i det faktum att hon hade gjort attacken mycket lättare.

Hon tog tag i sina kläder och klädde på sig snabbt, denna gång tog hon på sig trosorna igen.

Hon tog tag i sin handväska och sparkade sin angripare med den vassa spetsen på hälen. Sedan spottade hon honom i ansiktet.

"Det är för att jag kallar mig en hora, din jävel!"

Han tryckte sin kropp bakåt så att han kunde öppna dörren.

Baksidan av hans skalle träffade mattan med en duns när han öppnade dörren.

Hon tippade över den bloddränkta kroppen och gick in i sovrummet.

Hon tittade på Johns kropp på sängen.

Blod på golvet.

Blod i sängen.

Döden vart han än tittade.

Det var för mycket.

Gina sprang ut ur rummet och nerför spiraltrappan så fort hennes klackar kunde bära henne, röda trianglar färgade golvet i hennes kölvatten.

Vid foten av trappan stannade hon, torkade bort sina tårar och kontrollerade sina tankar.

Denna livsstil hade förstört allt för henne.

Det hade gjort henne bedrövad och cynisk mot män.

Han hade omorganiserat sin moral.

Och den där tjocka döda jäveln var en av de värsta med sina korrupta sätt och fula fantasier.

Han var en förebild i samhället, men han spred och infekterade allt han rörde med sina korrupta sätt.

Inklusive henne.

Hon hade förvandlat honom till något hon inte var.

Och nu hade han förvandlat henne till en mördare.

Hon hade dödat i självförsvar och skiten som låg i en pöl av hennes eget blod förtjänade allt som hade hänt henne.

Men hon visste att hon aldrig skulle glömma.

Hur han hade misshandlat henne som om hon inte var något annat än en smutsig hora, och hur hennes kropp hade svikit henne genom att med nöje svara på beröringen av hans smutsiga, mordiska händer.

Hur många andra unga tjejers liv måste dessa två ha förstört?

Och hur mycket led de där tjejerna fortfarande?

Jag ska inte lida mer, tänkte Gina.

Han sprang upp för trappan och gick in i sovrummet.

Synen av de två döda kropparna fick henne att vilja kräkas, men hon svalde illamåendet med en armbåge och gick fram till sängen.

Johns ansikte var en mask av fasa, hans mun svart och öppen som en fisk, hans ögon frusna av skräck.

Gina tittade bort och kände efter guldarmbandet runt sin knubbiga handled.

Det fanns en tunn rektangulär medaljong som fäste kedjan.

Hon öppnade den och läste numret inuti: 47689.

Hon upprepade numret i huvudet som ett mantra, stängde medaljongen och sträckte sig ner i sin handväska.

Han tog fram en vävnad och torkade av fingeravtrycken från medaljongen.

Han gav John en sista föraktfull blick innan han vände och sprang nerför trappan.

Han sprang nerför korridoren tills han nådde Johns arbetsrum och öppnade dörren.

Han skannade rummet tills hans blick landade på vad han hade kommit för.

John är säker.

Han hade skrytt om dess innehåll vid ett av Ginas besök och hon hade krävt att få veta vad som fanns inuti.

"Vackra juveler", hade han sagt med ett arrogant leende.

"Det är värt mer än hela huset."

Sedan knackade han kedjan på handleden och lade fingret mot läpparna.

"Shh."

Gina gick fram till kassaskåpet på väggen och slog in kombinationen.

Kassaskåpet klickade vilket indikerar att det kunde öppnas.

Hon öppnade ståldörren och tittade in.

På en hög med bruna kuvert låg en sammetsröd smyckeskrin.

Gina kände en knut i magen.

Hon öppnade den för att hitta det mest otroliga diamanthalsband hon någonsin sett, dess vackert utformade stenar glittrande med filmisk effekt.

"Det är värt mer än hela det här huset", viskade hon för sig själv.

Tillräckligt för att betala av alla dina skulder och lite till.

Med hjärtat bultande innanför bröstet stängde hon locket och la smyckeskrinet i sin väska.

Sedan stängde hon kassaskåpet och gned eventuella fingeravtryck på vävnaden.

Hon skyndade sig ut ur arbetsrummet och ner i korridoren mot ytterdörren och kontrollerade att hennes klackar inte hade lämnat några kränkande avtryck av henne på dess glänsande brädor.

Inte din.

Hon öppnade dörren till huset.

Den mjuka, svala luften träffade hennes kinder när hon gick in i natten och bördan av närvaron i huset lyftes omedelbart från hennes axlar.

Fri till slut sprang hon nerför grusvägen och hoppade in i sin bil och kastade sin väska i passagerarsätet.

Hon lät huvudet falla bakåt på ratten och släppte ut ett lågt, gutturalt skrik.

Utmattad och utmattad sträckte hon sig ner i sin väska och drog fram sin telefon.

Hon ringde 911.

"Polis, snälla, jag har precis dödat en man."

VILD MOTTAGNING

Susan låg på soffan och tänkte på sin partner.

Hon älskade honom av hela sitt hjärta och hennes dröm var att han skulle göra vad han ville med förspel.

Slicka och sug henne tills hennes nivå av extas var värd att dö för.

Knull henne sedan med sex som är starkare än skapande.

Det var en så tråkig kväll.

Susan låg i soffan i sin bh och sina rosa sidentrosor och tittade på en film.

Men Susan tänkte på sin pojkvän, hans vackra kropp, gröna ögon och mörkbruna hår.

Susans tunga sträckte sig förbi hennes läppar när hon tänkte på honom, och lusten fyllde hennes sinne och kropp.

Just då hörde Susan dörren öppnas, han var äntligen här.

Upprymd och blöt hoppade hon upp och sprang mot dörren.

Där stod han i sina jeans och en vit t-shirt.

Han gick in i rummet och lade märke till Susans vackra svävande bröst när de nästan höll på att ramla ur hennes behå i hennes upphetsning.

Han tog tag i hennes midja, drog Susan mot sig och kysste henne djupt.

"Jag är så jävla kåt", viskade Susan i hennes varma, blöta mun. "Full mej nu."

Han behövde inte en andra inbjudan och sköt Susan mot köksbordet.

Han tog av sig tröjan och släckte lamporna, vilket gjorde rummet mörkt.

Susan låg på bordet, hennes bröstvårtor petade nu igenom hennes vita bh och en blöt fläck bildades på hennes matchande trosor.

Han närmade sig henne med en utbuktning i jeansen.

Han lutar sig över Susan och kysser försiktigt hennes mage och slickar över den.

Susan flämtar av njutning och hennes händer tar tag i hans huvud för att dra honom närmare.

Han fortsatte att slicka och kyssa hennes mage, då och då flyttade han ner till hennes fitta, fortfarande täckt av hennes trosor , för att blåsa varm luft på henne.

Han tar tag i hennes underkläder med sina tänder och drar ner dem i en snabb rörelse.

Han kastar dem på bordet och sniffar på deras pubes.

Susan börjar stöna och andas tungt.

Han begraver sitt ansikte i hennes våta fitta och sträcker sig upp för att ta bort hennes behå.

Susans pigga bröst rinner över hans mjuka händer.

Hon slickade försiktigt Susans slits en gång till innan hon närmade sig kylskåpet.

Han öppnade den och tog fram en skål med jordgubbar. Han tog två av dem och placerade den ena på Susans mage och den andra mellan hennes bröst.

Han slickade jordgubben på naveln och åt den efteråt.

Han fortsatte att slicka hennes kropp från botten till toppen och gick till sist vidare till nästa jordgubbe.

Han slickar Susans dekolletage och flyttar jordgubben upp och ner mellan hennes bröst.

Susan stönar åt den ovanliga känslan.

Han fortsatte att flytta jordgubben längre och längre ner i Susans kropp, tills han nådde hennes fitta som tryckte på jordgubben med tungan.

Susan flämtade och han kunde se hennes fitta dra ihop sig runt jordgubben täckt av hennes juicer.

Hon tryckte in jordgubben djupare i sin fitta.

Han täckte den med munnen och sög försiktigt tills jordgubben var i hans mun igen; nu täckt av Susans fittjuice.

Han slurpade upp jordgubben, åt den och rörde sig för att vända Susan på hennes mage.

Med rumpan i luften smekte hon honom.

Han slog försiktigt Susan på rumpan innan han dök ner till hennes rumpa och slickade den och lämnade hickeys över hela hennes rumpa.

I närheten fanns en burk med honung, och han stack in fingret och spred det på Susans läppar.

Han stack sedan tungan djupt in i henne och fick Susan att stöna.

Han slurpade tungan djupt in i hennes fitta.

Susan stönade högt och sa:

"Full mej nu."

Han tog av sig jeansen, hans kuk var redo att spricka.

Nu naken sticker hans kuk ut stor och stark.

Han tog tag i Susan, körde sina händer över hennes inre lår och placerade sin kuk precis vid hennes ingång.

Han gned sitt huvud mot hennes väta; Försiktigt delade hon sina läppar och gled försiktigt huvudet på hans kuk.

Ett stön försvann från Susans läppar när hon kände hur spetsen av hans lem kom in i henne.

Susan stönade högre när han gled in resten av sin stora hårda kuk i hennes fitta.

När hela honom fyllde henne, klämde hon ihop väggarna i sin fitta, så ett stön kom nu från honom.

Han började pumpa sin kuk in och ut ur Susans fitta och körde längre och längre för varje slag.

Han fortsatte att dunka hennes fitta så att Susan stönade högre och högre.

Han tog tag i hennes lår och dunkade hårdare än någonsin, grymtande när han invaderade Susans kropp med sin enorma kuk.

Susan skrek:

"Det känns så bra älskling, knulla mig hårdare."

Han smällde sin kuk hårdare i Susans fitta och kände hur sperma byggdes upp vid basen av hans kuk.

Hans bollar slår mot Susans rumpa med hans rörelse.

Susan gav ut ett långt stön och började få en vild orgasm, hennes fitta klämde hans kuk, så han började få orgasm också.

Sperma spydde från sin kuk, den första spurten kom in i Susans fitta.

Men han drog sig undan och lät resten strö över hans kropp.

Precis när hennes orgasm började avta, stack han in fingrarna i hennes fitta och pumpade dem snabbt, vilket skickade Susan till orgasm igen.

Stönande och rörde sig över hela bordet, drog Susan honom ovanpå sig och kysste honom djupt.

Deras svett och sperma blandade sig över de två kropparna.

Efter att de båda slappnat av sa han:

– Det är trevligt att bli mottagen så här.

SLUTET

73